Kurt Tucholsky

Traktat über den Hund und andere Glossen

Kurt Tucholsky

Traktat über den Hund

und andere Glossen

Mit einem Nachwort von Bernd Schuchter

Limbus Verlag

Die Orthografie wurde behutsam den heutigen Lesegewohnheiten angepasst, ohne inhaltliche Veränderungen vorzunehmen.

Gesetzt aus der Baskerville.

Bibliografische Information der Deutschen Nationalbibliothek: Die Deutsche Nationalbibliothek verzeichnet diese Publikation in der Deutschen Nationalbibliografie; detaillierte bibliografische Daten sind im Internet über www.dnb.de abrufbar.

Druck: Finidr, s.r.o.
Einbandbild: © Hubert Flattinger
ISBN 978-3-99039-163-1
www.limbusverlag.at

»Menschen, die sich lebende Hunde in Mietwohnungen halten, sollten mit ihrem Köter aus der Wohnung gejagt werden.«

Kurt Tucholsky
Traktat über den Hund

Traktat über den Hund, sowie über Lerm und Geräusch

Scherz

»*Wie dem Hund, dem auf dem Wege vom Herzen zum Maule alles zum Gebell wird.*«
Alfred Polgar

a) Das Tier

Der Hund ist ein von Flöhen bewohnter Organismus, der bellt (Leibniz). Dieser Definition wäre einiges hinzuzufügen.

Im Hund hat sich der bäuerische Eigentumstrieb des Menschen selbständig gemacht; der Hund ist ein monomaner Kapitalist. Er bewacht das Eigentum, das er nicht verwerten kann, um des Eigentums willen und behandelt das seines Herrn, als gebe es daneben nichts auf der Welt. Er ist auch treu um der Treue willen, ohne viel zu fragen, wem er eigentlich die Treue hält: eine Eigenschaft, die in manchen Ländern hoch geschätzt wird. Sie ist für den Betreuten recht bequem.

Einem Hund, der etwas bewacht, zuzusehen, kommt dem Erlebnis gleich, einen Urmenschen zu beobachten. Er ist stets unsicher, unruhig und macht sich mit Lärm Mut er greift an, weil ihn seine Angst nach vorn treibt.

Der Hund ist ein anachronistisches Wesen.

Der Hund lebt ständig im Dreißigjährigen Krieg. In jedem Briefträger wittert er den fahrenden Landsknecht, im Milchmann die schwedische Vorhut, im Freund, der uns besucht, den Gottseibeiuns. Er bewacht nicht nur den Hof seines Herrn, sondern auch den Weg, der daran vorbeiführt, und versteht niemals, dass die Leute, die dort gehen, neutral sind – diesen Begriff kennt er nicht. Seine Welt zerfällt in Freunde (seines Futternapfes) und in gefährliche Feinde. Undressierte Hunde leben noch im Urzustand der Erde.

Der Hund bellt immer.

Er bellt, wenn jemand kommt, sowie auch, wenn jemand geht – er bellt zwischendurch, und wenn er keinen Anlass hat, erbellt er sich einen. Er hört auch so bald nicht wieder auf, ja es scheint, als besäßen die Hunde eine Bellblase, die man nur anzustechen braucht, damit sie sich entleere. Ein besserer Hund bellt seine vier, fünf Stunden täglich. (Weltrekord: Hund Peschke aus Königswusterhausen; bellte am 4. Oktober 1927 zweiundfünfzigtausendvierhundertachtundsiebzigmal in sechzehn Stunden. Als das vorbei war, sprach sein Herr: »Ich weiß gar nicht, was der Hund hat – er ist so still?«)

Wenn ein Hund sehr lange bellt, hört es sich an, als übergebe sich einer.

Ein Hund bellt, wenn er mit den Sinnen etwas wahrgenommen hat; daraufhin, weil ihn sein Bellen erschreckt und aufregt, und des Weiteren, weil sich das wahrgenommene Objekt um ihn kümmert, nicht um ihn kümmert oder davonläuft. Dieses Geschrei wird von vielen Leuten als Wachsamkeit ausgelegt; schon der französische Kynologe Hispa sagt: »Der Hund ist ein wachsames Tier, das mit seinem Gebell den Herrn nachts aufweckt, damit der aufsteht und ruft: ›Halt die Schnauze!‹« Da Hunde immer bellen, so dient ihr Gebrüll lediglich dazu, dass sich die Einbrecher vor ihrem Geschäft Gift besorgen und es dem Hundchen streuen.

Niemanden hasst der Hund so wie den Wolf; er erinnert ihn an seinen Verrat, sich dem Menschen verkauft zu haben – daher er dem Wolf seine Freiheit neidet, ihn hassend fürchtet und sich durch doppelten Verrat beim Menschen lieb Hund zu machen sucht.

Hunde blaffen mit Vorliebe schlecht gekleidete Menschen an, wie sie überhaupt die mindern Eigenschaften des Besitzers personifizieren. Nachts, wenn kein Fremder da ist, machen sie eine alte Familienfehde mit dem Mond aus.

Der Mond, den das nächtliche Gebell auf der Erde stört, kehrt ihr darum seit Jahr und Tag sein blankes Hinterteil zu.

Wir kommen nunmehr zu dem Tierhalter.

b) Der Tierhalter

Hundebesitzer sind die rücksichtslosesten Menschen auf der Welt.

Hier soll nicht einmal von jenen gesprochen werden, die ihrem Mistbatzen das Fressen aus Restaurationsschüsseln reichen; der Hund, frisch aus dem Popo einer Hundedame entronnen, steckt seine feuchte Nase in deinen Teller … Aber auch sonst können Hundebesitzer zum Beispiel nicht begreifen, dass der Lärm, den ihr Liebling macht, andern Leuten nicht angenehm ist. Kein grünes Rasenstück, das er nicht verbellt.

Die Ausdehnung einer Lärmglocke, die ein bellender Hund seinen Nachbarn über den Kopf stülpt, beträgt etwa 1800 Kubikfuß; auf diese Entfernung hin hat alles an den Entzückungen, Anfällen und Aufregungen eines mittleren Hundes teilzunehmen. Es ist also unsre Pflicht, uns mit ihm zu erheben, sein Vormittagsgeschrei sowie sein Nachmittagsgebell mit ihm zu teilen und nachts zu lauschen, wie er, wenn Nachtigallen fehlen, das Mondgesäß beschimpft.

Auf diese Weise sind Villen-Vororte großer Städte fast unbewohnbar geworden, weil sich jeder gegen jeden mit einer Bellmaschine gesichert hat, die angeblich gegen Einbrecher gut ist. Es muss danach angenommen werden, dass in Vororten niemals mehr eingebrochen werden kann. Wird aber.

Ich habe mich schon so an das Gebell gewöhnt, dass ich es hier, am Kap der Roten Grütze, sehr entbehre. Kunstschriftsteller Hasenclever hat sich jedoch erboten, jeden Morgen zum Frühstück zu kommen und ein Stündchen zu bellen.

Es ist nunmehr die Stelle des Aufsatzes gekommen, wo der Hundebesitzer seinem Flohtier über die Nase streicht, mit der jener die kleinen Hundewürstchen und den Urin der Verwandten aufriecht, und spricht: »Was schreiben sie denn da alles von dir! Jaa! Nicht wahr, du bellst nicht? – Nein!« Und zu mir, fortfahrend: »Sie sind aber nerfeehs!«

Hätte einer im Zeitalter Ludwigs des Quecksilbernen bemerkt: »Nun wollen wir uns einmal alle jeden Morgen die Füße waschen!« – so hätte er sich mit einem hohen katholischen Heiligen entschuldigen müssen, sonst hätten sie ihn verbrannt. Hätte er für frische Luft plädiert, für Hygiene der Säuglinge – er wäre genauso ausgelacht worden wie einer, der heute für Stille plädiert. Was Stille bedeutet, wissen sie noch nicht.

»Ich höre das gar nicht!«, sagen sie. Es ist nicht wahr; sie hören es doch. Davon wissen ihre Untergebenen zu sagen, die Lärm, Geratter, Wagenstöße, Klavierspiel und Hundegebell ausbaden müssen. »Was der Alte nur hat?«, sagen sie dann. Es ist der Lärm. Seine schlechte Laune ist der Lärm, der aus ihm herausbrodelt und der wieder ans Licht will; er hat ihn von den Ohren her nach innen gesogen; es hilft ihm aber nichts, er kommt wieder hochgegurgelt. Um es »nicht zu hören«, verbrauchen sie so viel unnötig vertane Kraft, die man besser anwenden könnte. Der Beweis dafür ist die Steigerung aller Lebenskräfte, wenn es einem gelingt, in das Reich der ungebrochenen Stille einzudringen; in den Bergen, im Luftballon über dem Meer, auf dem Segelboot, am windstillen Tag im Wald. Da lassen die Nervenstränge nach, da entspannt sich der Wille, da ruht der Mensch.

In der vollkommenen Stille hört man die ganze Welt. Nur so ist wahre Erholung möglich; sie ist aber fast unerreichbar. Gegen diese wohltuende Wirkung der Stille auf den Intellekt gibt es nur ein einziges Gegenargument: Das sind die Regierungsgebäude, die gewöhnlich in stillen Parks liegen.

Menschen, die sich lebende Hunde in Mietwohnungen halten, sollten mitsamt ihrem Köter aus der Wohnung gejagt werden.

Menschen, die einen Hund anbinden oder einsperren, verdienen, ihrerseits angebunden zu werden. Es ist das Äußerste an Quälerei, ein jagendes, laufendes und unruhiges Tier zu fesseln und in seiner Freiheit zu beschränken. Diese Leute haben gar keinen Hund – sie haben nur ein Stückchen Hund; der Rest ist unterdrückt und rächt sich mit flammendem Gebell.

Ich habe noch nie gesehen, dass Hundebesitzer mit Erfolg ihren Hunden, wenn sie unnütz kläffen, zu schweigen befehlen. Weil jene stumpfohrig sind, hören sie das Gebelfer nicht und bürden nun andern die Plage auf.

Dafür haben Hundebesitzer den Tick, als »bessere Menschen« durchs Leben zu gehen. Sie haben erfunden, dass es ein Zeichen von Seele sei, Hunde zu lieben, ihren schmutzigen

Geruch zu ertragen, ihr lästiges Geschrei mitanzuhören. Ihre Persönlichkeit kriecht in den Hund, wo sie den Kampf ums Dasein noch einmal mitkämpft: »Mein Hund läuft aber schneller als Ihrer!« Das ist ein großer Sieg.

Etwas gegen den Hund zu sagen, heißt für viele, am Heiligsten rühren, wo der Mensch hat. Die Hundenarren sind häufig ganz erbarmungslose Menschen; Leute, die einen Kommunisten vor ihrer Tür verbluten ließen, nicht eine Mark für entlassene Gefangene geben, überhaupt nichts Gutes tun – ihren Hund lieben sie mit jener stummen Aggressivität, die das beste Zeichen eines hohlen Affekts ist. Der Hund ist ihnen nicht nur Schutz, sondern auch Selbstbetätigung.

Nie legt ein Hundebesitzer in das Tun der Menschen a priori so viel Gutes wie in den Blick seines Hundes. Wenn ihn der ansieht, zerschmilzt er vor Lyrik. Ein Bettler wird ihn vergebens so ansehen. Der sentimentalitätstriefende Blick jenes aber heischt mit Erfolg verschmiertes Mitleid.

So ist der treue Hund so recht ein Ausdruck für die menschliche Seele. Allerseits geschätzt; nur selten in der Jugend ersäuft; gehalten, weil sich der Nachbar einen hält; von feineren

Herrschaften auch als Schimpfwort benutzt – so bellt er sich durchs Leben. Und ich will nicht länger murren, wenn es kaum noch einen Fleck gibt, den er nicht verunreinigt: mit Unrat, nassem Geruch und mit nimmer endendem Lärm. Seiner Gnade ist unsre Ruhe ausgeliefert.

Eine fortgeschrittene Zivilisation wird ihn als barbarisch abschaffen.

Satire

»Die Wahrheiten müssen Akrobaten werden,
damit wir sie erkennen.«
O. W.

*

»Über Lerm und Geräusch.« So schrieb Schopenhauer: »Lerm« – mit einem E; plattköpfig und stumpf kroch das um ihn herum, was er, außer Hegeln, am meisten hasste. Den Lärmempfindlichen hat er Komplimente gemacht, die wir bescheiden ablehnen …

Da habe ich über die Hunde traktiert, eigentlich mehr über das nervenabtötende Gebell dieser Tiere, und man muss schon das Vaterland, das teure, und was an Generalen, Zeitungen und deutschen Männern drum und dran hängt, beleidigen, um einen solchen Lerm zu erleben. Die Aufregung, die aus Prag herüberkam, kann ich mir nur so erklären, dass Schwejk dort mit herrlich gefälschten Hunden gehandelt hat; was ich daselbst gedruckt zu hören bekommen habe, war allerdings freundlich und ging noch an. Aber die Briefe, die die Hundefreunde geschrieben haben, die kann man nicht erfinden. »Ich bin noch nie von einem Hund verbellt worden – der Hund bellt nur schlechtgekleidete Sujets an«, und: »Wollte mal fragen, ob Sie keine Würstchen unter sich lassen – erfinden Sie doch mal einen Nachttopf für Hunde!«, und ein »Reichsbund zur Wahrung der Hundebelange« schloss seinen Brief: »Wir zeichnen, weil es so üblich ist, mit Hochachtung« – da haben wir Glück gehabt, und so in infinitum zur Morgen- und zur Abendsuppe. Wenn ich ein Hund wäre: Solche Freunde möchte ich nicht haben.

Abgesehen von der triefäugigen Sentimentalität, die alle Vorwürfe akkordiert, wenn sie gegen menschliche Säuglinge gerichtet sind, die ohne Grund brüllten, sich einmachten und überhaupt im Gegensatz zu den süßen Hündlein abscheulich seien – abgesehen von der göttlichen Liebe, die sich da verklemmt hat: Ich habe keine leichte Zeit hinter mir. Wilhelm Speyer, der etwas von Tieren versteht, hat mir in mein hochfein möbliertes Haus geschrieben, ich sei wohl vom wilden Strindberg gebissen – ein Mann in meinen Jahren! Kurz: Keiner der obbezeichneten Hunde möchte hinfürder noch ein Stück Brot von mir nehmen, wenn er eins bekäme. Lasset uns beten. Und ernsthaft untersuchen, was es denn da gegeben hat.

Durch nichts, aber auch durch nichts kann man Menschen so aus dem Häuschen bringen als dadurch, dass man ihnen verbietet, gewohnten Lärm zu machen. Du kannst eine Monarchie durch eine gleich minderwertige Republik ablösen – darüber lässt sich reden. Aber der Lärm ist geheiligt.

Der Städter ist ein armes Luder.

Zu essen bekommt er, was ihm die Händler geben, es wird nicht sauberer durch die Hände, die es passiert; vom Grund und Boden weiß er nur, dass er den andern, immer den andern gehört, und widerstandslos erduldet er die satanische Komik von Grundstücksspekulanten, die mit der Haut der Erde handeln, unter die man sie – sechs Fuß tief – herunterlässt, wenn alles vorbei ist, und in deren wahre Tiefen niemand dringt; unfrei ist der Städter, gebunden an Händen, Füßen, Valuta, Schullesebuch und Vaterland. Aber eine Freiheit hat er, nimmt er sich, missbraucht er – einmal besauft sich der Sklave und spielt torkelnd den Herrn. Er macht Radau.

Dass einer eng am andern wohnt, weiß der eine; dass man nicht Feuer im Hof anzünden, nicht nachts in einer Wohnung, dem überzahlten castle, Pferde zureiten darf; dass man nicht aus dem Fenster schießt: Das hat sich allmählich herumgesprochen. Belästigungen durch Rauch, durch Geschosse, durch Rohr- und Drahtleitungen, ja durch Aufstellung von Reklametafeln sind Gegenstand braver bürgerlicher Prozesse. Lärm aber darf gemacht werden.

Die Hundefreunde, denen man untersagt, ihren Köter zu quälen, ihn einzusperren, ihn stundenlang bellen zu lassen, fühlen sich im Heiligsten getroffen: in ihrer, verzeihen Sie das harte Wort, Freiheit.

Hat der Parzellenmensch eine Prärie um sich? Er ist in Schubladen wohnend untergebracht und richtet sich auch in allem danach – nur das Ohr des Schubladennachbarn ist Freigut; die Gehörsphäre braucht nicht geschont zu werden. Alles, was an Einfluss auf Krieg und Frieden, auf Verwendung der Steuern nicht vorhanden ist, tobt sich im Hause aus. Darin nähern sich besonders Frauen dem Urzustand der Primitiven.

Als ich das letzte Mal in Berlin wohnte, da rollte jeden Morgen eine Stunde lang eine reitende Artillerie-Brigade über die Decke dahin: eine deutsche Hausfrau (e. V.) ackerte dort ihr Schlafzimmer, anders war der Lärm nicht zu erklären.

Nun sind aber die Lebensgewohnheiten im bürgerlichen Haushalt keinem Wechsel der Geschichte unterworfen; »der bürgerliche Haushalt wird nur deshalb betrieben, damit der archäologische Forscher dort noch heute die Arbeitsmethoden der Steinzeit studieren kann« (Sir Galahad). Hier eingreifen stößt auf Mord. Keine Zeitung, die es wagen könnte, in diesen Muff eine wettersichere Grubenlampe hinunterzulassen – das Geschrei von Hausfrauen, klavierübenden und gesangsheulenden Damen beiderlei Geschlechts, von organisierten Tierfreunden und reinmachewahnsinnigen Besessenen dampfte ihr entgegen. In meiner Wohnung kann ich machen, was ich will – das wäre ja gelacht.

Es ist zum Weinen.

Denn da und nur da sind die Wurzeln ihrer Kraft. Das ändere du mal. Da zeig mal, was du kannst. Sie machen sich das Leben schwer, den andern zur Hölle – und sie sind so stolz darauf! Die Reinmachenden machen nicht rein: Sie unterliegen gewissen Zwangsvorstellungen, einen Hausgott ehrend, der unerhörte Opfer verlangt – mit Sauberkeit hat das wenig zu tun. Es ist Recht, Pflicht und göttliches Gebot, dem Nachbarn den Teppichstaub in den Suppentopf zu schlagen; wie Kanonenschläge hallt das durch die steilen Steinhöfe. Ordnung muss sein. Der schwarze Hals des Lautsprechers gurgelt im schweren Übelsein heraus, was er zuviel an Lärm gefressen hat – dazu öffnet man füglich die Fenster, damit der Nachbar auch etwas davon habe, und wenn Ihnen det nich passt, denn missen Se ehm inne Wieste ziehn.

Aber das wird nicht gut auslaufen. Denn in der Wüste steht das Zelt des Forschungsreisenden Karbumke, und der hat einen Hund. Und der Hund steht am Zeltpflock angebunden und bellt alles an, was sich ringsum bewegt. Es soll sich, außer seinen Flöhen, nichts bewegen.

Bleiben wir im Lande und nähren wir uns redlich, die Ohren mit Wachs verklebt wie die Gefährten des Odysseus, die die Musik-Etüden des Sirenen-Konservatoriums nicht hören sollten. Schrei: »Ruhe!« Eine Flut von Schimpfworten, Geheul, Rufen, eine Wolke von geschwungenen Federbesen, eine Welle von Papierfetzen, alten Pappdeckeln, Holzstücken und Müllwasser rauscht auf. Ich weiß, wo sie verletzlich sind. Es juckt, sie da anzufassen. Da, in der Abwehr, auch da, wo sie recht haben, zum Beispiel in der Beurteilung ihrer Hunde, sind sie ganz sie selbst. Die Haut reißen sie sich herunter, so nackt sind sie da. Und keine Zeitung, keine Broschüre, kein Buch kann sie in diesem Punkt ändern. In der Stickluft dieser ungelüfteten Treibhäuser gedeihen die Mikroben der Religion, des Berufskostüms und des Vaterlandes.

Und zu wissen, dass man dazugehört und einer von ihnen, und dass da kein Grund ist zu überheblichem Mitleid, dass das Spiel mitzuspielen ist, Gleicher unter Gleichen, und dass man helfen soll und lieben. Denn manchmal weinen sie und paaren sich seufzend und lallen mit ihren Kindern und sind selber welche und machen mancherlei Lerm und Geräusch.

Ironie und tiefere Bedeutung

»Der Schlaf kommt nicht, will nicht kommen. Unweit im Hundezwinger fangen die Jüngsten von ihnen ihr ohrenbetäubendes Jaulen und Winseln an. O Schrecken, das geht die ganze Nacht hindurch. Aus den Zellen brüllt es – brüllt Ruhe und flucht – und es geschieht nichts – es bringt nur wieder die schlaflose Nacht, dieses Bewusstsein der Gefangenschaft.«

Schilderung eines Gefangenen

*

Hätte Goethe die Hunde geliebt, so wäre der Spektakel, den ich da heraufbeschworen habe, noch größer geworden, wenn er hätte größer sein können.

Goethe aber liebte die Hunde nicht. Warten Sie …

Johannes Falk, *Goethe aus näherem persönlichem Umgange dargestellt*. Kapitel IV. Goethes wissenschaftliche Ansichten. Gespräch über Monaden. »An eine Vernichtung ist gar nicht zu denken; aber von irgendeiner mächtigen und dabei gemeinen Monas unterwegs angehalten und ihr untergeordnet zu werden, diese Gefahr hat allerdings etwas Bedenkliches, und die Furcht davor wüsste ich auf dem Wege einer bloßen Naturbetrachtung meinesteils nicht ganz zu beseitigen.«

Indem ließ sich ein Hund auf der Straße mit seinem Gebell zu wiederholten Malen vernehmen. Goethe, der von Natur eine Antipathie wider alle Hunde besitzt, fuhr mit Heftigkeit ans Fenster und rief ihm entgegen:

»Stelle dich, wie du willst, Larve, mich sollst du doch nicht unterkriegen!« Höchst befremdend für den, der den Zusammenhang Goethe'scher Ideen nicht kennt; für den aber, der damit bekannt ist, ein humoristischer Einfall, der eben am rechten Orte war!

»Dies niedrige Weltgesindel«, nahm er nach einer Pause und etwas beruhigter wieder das Wort, »pflegt sich über die Maßen breitzumachen; es ist ein wahres Monadenpack, womit wir in diesem Planetenwinkel zusammengeraten sind, und möchte wenig Ehre von dieser Gesellschaft, wenn sie auf andern Planeten davon hörten, für uns zu erwarten sein.«

Und:

Riemer, *Mitteilungen*.

»Einem anderen Befremden ist auch noch zu begegnen: wie Goethe die Hunde nicht habe leiden können.

Da der Hund eine solche allgemeine Protektion des Menschen genießt, dass gegen die Verwendung und das Halten desselben von Zeit zu Zeit sogar polizeiliche Verordnungen erlassen werden müssen, so will es vielen nicht eingehen, dass ein Naturforscher wie Goethe, der über komparierte Anatomie gedacht und geschrieben, eine solche Aversion vor den Hunden könne gehabt haben, wie andere kaum vor Spinnen und Kröten, wogegen die Natur selbst dem Menschen einen Abscheu eingeflößt zu haben scheine; dass er also einen gleichsam aristokratischen Hass auf sie, als auf die mit Recht sogenannte Kanaille, geworfen, und darüber fast mit einem Mächtigeren zerfallen.

Zuvörderst ist der soupçonnierte und zur Tradition, besonders durch Falks fabelhafte Anekdote, gewordene Hundeabscheu nicht von der Ausdehnung, die man annimmt, noch irgendeiner anderen Bedeutung, als dass Goethe eben kein besonderes Vergnügen an dieser Tiergattung finden konnte.

Zwar spricht er seine Abneigung im Allgemeinen gegen sie in seinen Gedichten aus; doch ist es besonders nur ihr Gebell, das kläffend sein Ohr zerreißt.«

Und:

»Wundern kann es mich nicht, dass Menschen Hunde so lieben, denn ein erbärmlicher Schuft ist wie der Mensch so der Hund.«

So weit Goethe.

Mit dem Lärm und Geräusch aber ist es so: Geräusch anhören ist: an fremdem Leben teilnehmen. Ein guter Diagnostiker hat »empfindliche« Hände – sie fühlten sonst nämlich nichts. Ein Gehirnmensch hat ein »empfindliches« Gehirn – es könnte sonst nicht denken und nicht produzieren.

Nun stören Kollektivgeräusche kaum; mit Recht gewöhnt man sich daran, dass die Straße wie ein Meer erbraust, dass die Bahnen fahren, dass die Stadt jenes brodelnde Geräusch von sich gibt, das da ihr Leben anzeigt. Aber das freche Einzelgeräusch nadelt das Ohr, weil Teilnahme des fremden Lebensrhythmus erzwungen wird. Ein Übermütiger hupt fünfzehn Minuten vor einem Haus – ich warte mit ihm. Fräulein Lieschen Wendriner »übt« etwas, was sie nie lernen wird: nämlich Klavier spielen – ich übe mit. Ein Hund bellt, er schlägt einmal an – das Ohr hört es nicht. Aber wenn der angebundene, eingesperrte, unzufriedene Hund stunden- und stundenlang bellt …

Der Hund setzt an. Irgendetwas hat seine Aufmerksamkeit erregt. Er teilt das mit. Und schweigt nun nicht mehr; für ihn freilich hat das Gebell einen Sinn, für den zu bewachenden Herrn hat es kaum einen, für uns gar keinen. Er bellt und bellt. Alles, was nun geschieht, spielt sich vor dem Hintergrund dieses unablässig bohrenden Lautes ab, er bellt Primen, das Aas, von dem einmal angeschlagenen Ton geht er nicht mehr herunter; schließlich kann niemand verlangen, dass er wie eine Nachtigall singt. Er bellt und bellt. Nun hört er auf – wie dankbar bist du für diese Stille, sei gesegnet, Stille! Wie nach einem Schiffbruch sinkst du zerschlagen am Strand der Stille nieder, so klein, so glücklich, so unendlich dankbar … Und dann zerreißt er sie wieder und wieder, nun ist es doppelt schmerzlich, gedemütigt ist man durch so viel Krach, ein Spielball dieser albernen Laune, dieser falschen Wachsamkeit, dieser Angst, diesem Anzeiger des übersteigerten Eigentumbegriffes. Gute Nacht, stille Stunde –!

»Ausschlaggebend ist aber das Bellen des Hundes: die absolut verneinende Ausdrucksbewegung. Sie beweist, dass der Hund ein Symbol des Verbrechers ist. Goethe hat dies, wenn es ihm vielleicht auch nicht ganz klar geworden ist, doch sehr deutlich empfunden. Der Teufel wählt bei ihm den Leib eines Hundes. Während Faust im Evangelium laut liest, bellt der Hund immer heftiger: der Hass gegen Christus, gegen das Gute und Wahre.« Und: »Interessant ist es, wen der Hund anbellt: Es sind im Allgemeinen gute Menschen, die er anbellt, gemeine, hündische Naturen nicht.« Aber das hat einer gesagt, der schon mit zweiundzwanzig Jahren nicht mehr wollte, so nicht mehr wollte: Otto Weininger.

Ein Kettenhund oder ein Hund im Zwinger ist etwas so Naturwidriges wie ein Ziehhund oder eine dressierte Varietékatze. Aber das stundenlange, nicht ablassende, immer auf einen Ton gestellte Gebell – das ist bitter. Es zerhackt die Zeit. Es ist wie eine unablässig schlagende Uhr: Wieder ist eine Sekunde herum, du musst sterben, erhebe dich ja nicht in irgendwelche Höhen, bleibe mit den Sohlen auf der Erde, sterben musst du, du bist aus demselben Staub wie ich Hund, du gehörst zu uns, zu mir, zur Erde, bau-wau-hau!

Und dann sieh hinaus und betrachte dir den da. Wen er anbellt. Was ihm nicht passt. Wie ers nicht will. Der Wagen soll nicht fahren. Das Pferd soll nicht laufen. Das Kind soll nicht rufen. Er hat Angst und darum ist er frech. Er ist auch noch da, will er dir mitteilen. Du willst es gar nicht wissen? Dann teilt er dirs nochmals mit. Er schaltet sich in alle Vorgänge ein; er spektakelt, wenn er allein ist, weil er allein ist, und wenn Leute da sind, weil Leute da sind; er muss sich bellen hören, um an sich zu glauben. Er bewacht, was gestohlen ist, verteidigt den, der gemordet hat, er ist treu um der Treue willen und weil er Futter bekommt. Sie sind so simpel und machen so viel Lärm. Im Grunde um nichts.

Was wächst nicht alles in der Ruhe! Was kommt nicht alles zur Blüte in der Ruhe! Alexander von Villiers sagts in den *Briefen eines Unbekannten*: »Ich liege im Bett und spüre die zitternde Sukzession der Sekunden …« Stille. Ich sehne mich nach Stille. Schweigen heißt ja nicht: stumm sein.

Schriebe ich aber dasselbe von einem Motorzweirad, wenn es so pufft und knallt und rattert – da wären sie alle einer Meinung (die keins besitzen). Was dem einen sein Motor, ist dem andern sein Hund – aber mir will es widersinnig erscheinen, in der ohnehin lärmenden Stadt Wagen herumzufahren, von Hunden bewacht, die stunden- und stundenlang die Leute, die andern Wagen und sich selbst ankläffen; es will mir hündisch erscheinen, die Vororte der großen Städte, die Stadtwohnungen selbst und das stille Land durch einen Lärm zu verpesten, der unnötig ist.

Denn in Wahrheit ist es der Hundebesitzer, der allen Tadel verdient, nicht das Tier, das ja nicht zu seinem Vergnügen bellt, sondern das so oft gequält wird. Niemand hat das Recht, aus Gedankenfaulheit Tier und Mensch so zu peinigen, wie der es tut, der nicht mit Hunden umzugehen versteht, also die Mehrzahl derer, die einen Hund besitzen.

Man muss das erstaunte Gesicht eines Hundebesitzers sehen, wenn ihm einer sagt, er könne des Gebells wegen nicht schlafen. Wie? Nicht schlafen? Ja, was geht denn das den Hund an? Meinen Hund? Mein Hund sollte nicht bellen dürfen … na, das wollen wir ja mal … so ein schönes, gutes, ordentliches Gebell, das die Einbrecher abschreckt …! Schlafen will der –! Hö. Und das Erstaunen wird sehr bald zur Feindschaft; sie fassen es einfach nicht, dass ihnen der Luftraum eben nicht gehört, und dass wir zu eng aneinanderwohnen, als dass wir uns durch überflüssige Liebhabereien belästigen dürften. Niemand hat ein solches Recht, und gegen Rücksichtslosigkeit dieser Gattung ist jede Gegenwehr erlaubt. Denn sie sind auch moralisch im Unrecht.

Wer hat das Tier lieber: der es zu stark egoistischen Zwecken hält, nämlich um sich als

Herr zu fühlen, ohne der Eigenart des Tieres entgegenzukommen, die darin besteht, dass es laufen, jagen, springen, sich schnell bewegen will; der Schuft, der es anbindet und der die erschütternden Sätze Schopenhauers über diese gemeine Tierquälerei lesen sollte, sie aber nicht begreifen wird; warum soll er auch ein lebendiges Wesen nicht zu lebenslänglicher Hundehütte verdonnern?

Oder hat der das Tier lieber, der ihm die größtmögliche Freiheit wünscht, ohne im Übrigen von ihm belästigt werden zu wollen?

Was aber ein regelmäßiges, stumpfes, sinnloses und sich stundenlang wiederholendes Geräusch angeht, so müssen die Gehirne wohl verschieden gebaut sein. Ich denke mir die Hölle so, dass ich unter der Aufsicht eines preußischen Landgerichtsdirektors, der nachts von einem Reichswehrhauptmann abgelöst wird, in einem Kessel koche – vor dem sitzt einer und liest mir alte Leitartikel vor. Neben dieser Vorrichtung aber steht ein Hundezwinger, darin stehen, liegen, jaulen, brüllen, bellen und heulen zweiundvierzig Hunde. Ab und zu kommt Besuch aus dem Himmel und sieht mitleidig nach, ob ich noch da bin – das stärkt des frommen Besuchers Verdauung. Und die Hunde bellen …!

Lieber Gott, gib mit den Himmel der Geräuschlosigkeit. Unruhe produziere ich allein. Gib mir die Ruhe, die Lautlosigkeit und die Stille. Amen.

Der Hund als Untergebener

*

»Und der Dackel Männe hatte alle zu Vorgesetzten«, steht in Heinrich Manns *Untertan* von der deutschen Familie. Hast du einmal den deutschen Bürgersmann beobachtet (und ganz besonders die deutsche Bürgersfrau), was sie auf der Straße alles mit ihrem Hund angeben? Es scheint wirklich so, als ob die meisten Menschen hierzulande einen Hund nur deshalb besäßen, um noch einen »unter sich zu haben«. Bedrückt von Wohnungsamt, Polizeirevier, Hauswirt, Kolonialwarenhändler, Außenhandelsnebenstelle, Finanzamt und ähnlichen Versorgungsanstalten benötigt die mannhafte deutsche Seele einen Sklaven, um die Superiorität ihrer Herrenrasse darzutun.

»Komm mal her! Kommst du gleich her! Willst du mal gleich herkommen! Lumpi! Lump! Lumpichen! Lump, Lump, Lump!« Lump hat furchtbar zu tun: Er riecht grade die untere Rundung einer Litfasssäule an, auf die eine Einladung zum Husarentag in Rathenow geklebt ist … Er denkt gar nicht daran, zu gehorchen. Es betrübt nun den Bürgersmann und die Bürgersfrau gar nicht so sehr, dass der gewaltunterworfene Sklave nicht kommt – aber welche Seligkeit, befehlen zu können! Welche Freude, einen um sich zu haben, der mit treu dämlichen, gefeuchteten Augen zu dir emporblickt, manchmal gehorsam jedem Winke, und dem gegenüber du dich als Mann fühlst, als Freier und als Herr.

Ich weiß schon: Viele Leute züchten Hunde, weil sie wirklich etwas davon verstehen, und vielen Leuten ist der Hund ein wahrer Freund, in den sie sich eingefühlt und eingelebt haben. Aber ein großer Teil der in den Mietshausschubläden untergebrachten Individualitäten (ein durch seine Aufzeichnungen berühmt gewordener Irrer nannte seine Visionen immer: »rasch hingemachte Männerchen«) – ein großer Teil dieser, entschuldigen Sie das harte Wort, Menschen hat an dem Hund nur einen Untertan. Sie regieren auf ihm herum. Der Schweifwedelnde quittiert mit fröhlichem Gebell, einem leicht pestilenzialischen Geruch bei Regenwetter und einer Treue, die fast so unentwegt ist wie die der Monarchisten. Er ist egal treu, hat um den Kopf eine Hundemarke und in demselben so viel Gemüt, dass die ganze Nation empört und beleidigt ist, wenn man sich über ihre falsche Beziehung zum Hund lustig macht. (Was sie aber nicht hindert, dieses bewegliche und auf die Bewegung angewiesene Tier in tausenden von lebendigen Exemplaren in kleine muffige Hundehütten zu sperren und die so Angeketteten bis an ihr Lebensende zu quälen.)

Nein, ich hasse den Hund gar nicht. Wohl aber eine bestimmte Gattung Mensch, die ihn behandelt wie ein Brigadekommandeur die unterstellte Formation und die mit ihm herumwirtschaftet, weil auch er aus Deutschland ist.

Und so ist die Reihenfolge: Der Verflossene in Doorn hatte die Schranzen, die hatten die Militärs, die hatten die Ämter, und die hatten den Untertan. Und er hat den Hund. Und weil der zum Glück seinen Floh hat und der Floh wiederum den Verflossenen pieken durfte, so ist der Zirkel der göttlichen Gerechtigkeit auf das Herrlichste geschlossen, und es ist immer noch besser, dass der Deutsche seinem Hund pfeift als der Kaiser seinem Deutschen.

Der Hund und der Blinde

*

Hans Hyan hat neulich einmal berichtet, wie schwierig es sei, Führerhunde für die Kriegsblinden zu dressieren. Da die Dressur in der Öffentlichkeit vor sich gehen muss und es dabei ohne kleine Klapse für den Hund nicht abläuft, so nimmt das Publikum sehr oft Partei, entdeckt plötzlich, dass es einen Tierschutz gibt, und macht dem Dresseur unmöglich, weiterzuarbeiten. Und Hyan fährt fort: Die Rücksichtnahme grade auf Kriegsblinde, die in der ersten Zeit nach dem Kriege allgemein gewesen, sei heute größtenteils geschwunden, und die Äußerung »Ach, der arme Hund muss den ganzen Tag den Blinden führen!« höre man immer wieder.

Weil wir grade von Fürstenabfindung reden; falsche Sentimentalität ist immer mit Rohheit verbunden. Niemand ist so kaltherzig und erbarmungslos gegen Arme und Hungernde und uneheliche Schwangere wie die alten Jungfern beiderlei Geschlechts, die ihr Hündchen karessieren; in dieser egoistischen und zu nichts verpflichtenden Betätigung sehen sie ihr christliches Herz. Schon Dehmel vermerkte in seinem Kriegstagebuch, dass es die rohesten Unteroffiziere waren, die abends die *Bank am Elterngrab* sangen. Auf der drübigen Seite steht also die falsche deutsche Sentimentalität, die es nun auf ein Mal mit der Dankbarkeit und Treue zum angestammten Herrscherhause hat, das in den Novembertagen 1918 nichts von Treue wusste.

Daneben hockt die unsinnige Angst vor der Idee der Enteignung. Und an wem liegt das –? An der ungeschickten Propaganda.

Man spricht immer von »Enteignung der Fürsten«. Aber die wollen das Volk enteignen, denn ihre Güter gehören ihnen nicht und haben ihnen nie gehört. Sie sind niemals Privatleute gewesen, als sie ihre Rechte wahrten – sie können es heute nicht sein, da man sie ihnen streitig macht. Sie wollen haben – nicht wir.

Zu einer guten Propaganda scheint mir ferner zu gehören: Veröffentlichung von Einzelzahlen. Bei dicken Broschüren und langen Tabellen kann sich der vielbeschäftigte Zeitungsleser gar nichts denken; man zeige ihm etwas andres.

Warum steht nicht in jedem anständigen Blatt, das sich dem Begehren des Fürstenausschusses, der Sozialisten, der Kommunisten anschließt, jeden Tag ein Kasten mit immer nur zwei Zahlen: Monatseinkommen eines Durchschnittslesers, eines Arbeiters, eines Angestellten – und: Monatsrente des Prinzen Heinrich; Monatsabfindung des Deserteurs in Doorn; Monatserträgnisse aus einem, einem einzigen Fürstengut? Das begreift jeder. Man muss nur die Zahlen auf sein Augenmaß zurückführen, den Hausfrauen, die mit Groschen rechnen, zeigen, wie das Geld stromweise, hunderttausendmarkweise in die Fürstenkassen marschiert ... Das wäre eine gute Propaganda.

Aber was nützt alle Propaganda, wenn man so schlappschwänzig, so halbmutig an die Aufgabe herangeht! Es ist dasselbe wie damals bei der Wahl Hindenburgs: Die ganze Angst, das böse Gewissen, die Weichheit dieser republikanischen Opposition verhindert den Sieg. So reitet man keine Hürden. Hinüber kommt nur, wers auch glaubt.

Es ist noch Zeit, hinüberzukommen, wenn Ihr nur wollt.

Aber wollen müsst Ihr. Auch heute noch: wieviel Untertanen, wieviel brave treue Blicke nach oben, wieviel Knechte! In den kleinen Residenzen, wie etwa Koburg, hat sich auch äußerlich kaum etwas geändert. Und wenn man so einen Fürsten und das deutsche Volk sieht, begreift man die ganze Fülle des schönen Stoßseufzers: »Ach, der arme Hund! Er muss den ganzen Tag den Blinden führen –!«

Zwei Lärme

*

Ich möchte einmal da leben, wo es kein Hundegebell und kein Klavierspiel gibt.

Auf jedem Quadratmeter menschlicher Niederlassung schlägt ein Achtel menschliches Wesen auf ein Klavier, macht: ein Stück auf acht Quadratmeter. Sie kennen Laforgues *Complainte des Pianos qu'on entend dans les quartiers aisés*? Hören Sie.

Ces entfants, à quoi rêvent-elles
Dans les ennuis des ritournelles?

»Préaux des soirs,
Christs des dortoirs!

Tu t'en vas et tu nous laisses,
Tu nous laiss's et tu t'en vas,
Défaire et refaire ses tresses,
Broder d'éternels canevas.«

Max Brod und Franz Blei haben das so übersetzt:

Die Mädchen, wovon träumen sie
Zu ihrer faden Melodie?

»Mein Heiland ach
Im Schlafgemach!

Du gehst weg und lässt uns da,
Lässt uns da und gehst vom Haus,
Und wir flechten unser Haar,
Sticken ewig Deckchen aus.«

So singt das Klavier, das Pianino, der Flügel. Es singt aber auch:

»Humtarumtatumta – das habe ich gestern im Varieté gehört, mit Max, und es macht mir Spaß, das noch einmal aufzuwärmen, den holden Rotkohl der Erinnerung! Humtarumta – da hat die Schulreiterin Maxn angelacht, und ich habe ihn geneckt und ihn gefragt: Willst du die? Da hat er mich gekniffen – mich mochte er, aber nicht sie! Humtarumtatumta – nachher waren wir in einer Bar, wir sind vor Schluss des Programms weggegangen, damit Mama nichts merkt, und dann war ich bei ihm. Und niemand weiß es. Humtarumtatumta …« So singt der Flügel, so spielt das Mädchen.

Und der brennende Ehrgeiz rast auf den Tasten, dreihundertmal dasselbe, und es wird nicht besser und wird nicht besser, es soll aber besser werden. Ich bin versucht, der Dame ein Pfefferkuchenverschen durch das stets geöffnete Fenster zu schleudern:

Zwei Mädchen spielten am Klavier.
Da sagt die eine: »Denke dir,
was ich nicht alles spielen kann.«
Die andre nahm sich einen Mann.

Diese nahm sich keinen Mann. »Ich will im Salon eine Rolle spielen und diese Sonate; sie ist so modern, dass ich mir alles und nichts dabei denken kann, und das ist grade das Schöne dabei. So gut wie die Grigorjewa spiele ich schon alle Tage, und wenn sie das eben mit dem Geld und mit den Beziehungen – von vorn die Passage! – macht, dann mache ich das mit der Begabung. Ich bin sehr begabt. Der Professor hat es mir noch gestern gesagt. Ich darf die Stunden bei ihm fortsetzen, und wenn ich mir das Geld dazu absparen sollte – ich bin sehr begabt. Jetzt noch ein paar Tonleitern! Das Armband stört mich, ich wills ablegen. Die Grigorjewa legt nie ihre Armbänder ab, die Protzin. Das Cis klingt nicht mehr, die Taste ist entzwei – wovon mag das kommen?«

Ich weiß es. Und bin nur froh, dass sie nicht auch noch heult. Singende Frauen sind um eine Oktave selbstbewusster, dümmer und anmaßender als Tenöre. Und singen dasselbe.

Kinder üben und trainieren sich auf Beethoven. Weiber, die der Himmel ernährt oder die gar für die Kunst hungern – ein ganz besonderer Fall von Derwischismus –, hacken Musik. Und ich habe die Musik bei mir, über mir, unter mir, bei mir. Darf jemand zu mir hereinkommen und mir Schuberts *Sang an Ägir* und Schrekers *Hakenkreuz am Stahlhelm* vorsingen? Nein. Aber durch Rabitz, Stein und Luftraum klingt es und singt es. Das darf er.

Duette sind hübscher. Und darum bellen die Hunde.

»Ausschlaggebend ist aber das Bellen des Hundes: die absolut verneinende Ausdrucksbewegung. Sie beweist, dass der Hund ein Symbol des Verbrechers ist. Goethe hat dies, wenn es ihm vielleicht auch nicht ganz klar geworden ist, doch sehr deutlich empfunden. Der Teufel wählt bei ihm den Leib eines Hundes. Während

Faust im Evangelium laut liest, bellt der Hund immer heftiger: der Hass gegen Christus, gegen das Gute und Wahre.« Und: »Interessant ist es, wen der Hund anbellt: Es sind im Allgemeinen gute Menschen, die er anbellt, gemeine, hündische Naturen nicht.« Aber das hat einer gesagt, der schon mit zweiundzwanzig Jahren nicht mehr wollte, so nicht mehr wollte.*

Was am dauernden Hundegebell aufreizt, ist das völlig Sinnlose. Wenn die armen Luder, die der Mensch anbindet, bellen, so ist das Hilferuf und Aufschrei eines gequälten Tiers. Ein Kettenhund ist etwas beinah so Naturwidriges wie ein Ziehhund oder ein dressierter Varieté-Affe. Aber das stundenlange, nicht ablassende, immer auf einen Ton gestellte Gebell – das ist bitter. Es zerhackt die Zeit. Es ist wie eine unablässig schlagende Uhr: Wieder eine Sekunde ist herum, du musst sterben, erhebe dich ja nicht in irgendwelche Höhen, bleibe mit den Sohlen auf der Erde, sterben musst du, du bist aus demselben Staub wie ich Hund, du gehörst zu uns, zu mir, zur Erde, bau-wau-hau!

---

* Gemeint ist Otto Weininger, wie Tucholsky im Abschnitt *Ironie und tiefere Bedeutung* im *Traktat über den Hund* schreibt; für seine Glosse *Zwei Lärme* hat er die Weininger-Passage und die folgenden Absätze nochmals verwendet.

Und dann sieh hinaus und betrachte dir den da. Wen er anbellt. Was ihm nicht passt. Wie ers nicht will. Der Wagen soll nicht fahren. Das Pferd soll nicht laufen. Das Kind soll nicht rufen. Er hat Angst, und darum ist er frech. Er ist auch noch da, will er dir mitteilen. Du willst es gar nicht wissen? Dann teilt er dirs noch mal mit. Er schaltet sich in alle Vorgänge ein; er spektakelt, wenn er allein ist, weil er allein ist, und wenn Leute da sind, weil Leute da sind; er muss sich bellen hören, um an sich zu glauben. Er bewacht, was gestohlen ist, verteidigt den, der gemordet hat, er ist treu um der Treue willen und weil er Futter bekommt. Hat nicht ein Philosoph die Empfindungen eines Wachhundes bei Nacht zerlegt? Sie sind so simpel und machen so viel Lärm. Im Grunde um nichts. Und so habe ich auch die Hunde bei mir.

Das Ohr transponiert. Allmorgendlich versammeln sich zwei singende Klavierspielerinnen und sechs Hunde in meinem Zimmer, treffen dort zusammen, die Hunde heulen Symphonien, die Klaviere bellen, die Sängerinnen jaulen. Sie zerstören das Beste: die Ruhe.

Was wächst nicht alles in der Ruhe! Was kommt nicht alles zur Blüte in der Ruhe! Alexander von Villers sagts in den *Briefen eines*

Unbekannten. »Ich liege im Bett und spüre die zitternde Succession der Sekunden ...« Stille. Ich sehne mich nach Stille. Schweigen heißt ja nicht: stumm sein. Wenn man Pflanzen spazieren fährt, wachsen sie wohl nicht recht. Sechs Stunden tiefe Ruhe machen satt und schwer, der Atem geht gleichmäßig, die Pulse bewegen sich ganz leise. Der Tribut an das körperliche Leben ist gering. In Stille kann man hineinhorchen, sie durchzieht dich, du verlierst dich an sie und kommst gekräftigt zurück.

Horch! Hektor brüllt, und Fräulein Wegemann macht Musik, nach Noten.

Es gibt vielerlei Lärme. Aber es gibt nur eine Stille.

Wo es kein Hundegebell und kein Klavierspiel gibt – da möchte ich leben.

Nachwort

Gleich vorweg muss ich bekennen: Ich bin ein Hundemensch! Ganz im Gegensatz zu Kurt Tucholsky, dem wohl bissigsten, skandalumwittertsten und politisch umtriebigsten Journalisten und Polemiker der Weimarer Republik. So scheint es zumindest auf den ersten Blick, wenn man sich seine unter den sprechenden Pseudonymen Peter Panter und Ignaz Wrobel vornehmlich in der *Weltbühne* erschienenen Feuilletons und Glossen über Hunde anschaut. Es passt ja bestens zum Klischee vom großen Frauenhelden, der im ewigen Kampf um das Lieblingstier der Deutschen den Katzen den Vorzug gibt. Die unnahbaren, stolzen, stoischen Katzen spiegeln viel eher das, was Männer auch an verruchten, geheimnisvollen Frauen zu schätzen wissen; zumindest werden diese Attitüden gerne etwa den Filmstars der Zwanziger- und Dreißigerjahre des zwanzigsten Jahrhunderts zugesprochen, deren berühmteste Vertreterin – der blonde Engel Marlene Dietrich – das wie keine zweite verkörpert; unnahbar, stolz und stoisch.

Tucholsky liebt wohl die Frauen, die stolzen und unnahbaren, aber auch die klugen und selbstbewussten, was sich in seinen Texten wiederfindet. Was man aber immer im Hinterkopf behalten sollte: Seine Spottlust lässt nichts und niemanden aus, Doppeldeutigkeiten finden sich allenthalben, und seine Ironie ist stets präsent, kann allerdings eine ebenso tieftraurige wie weise Note haben.

Wie dem auch sei, der Punkt ist folgender: Traue keinem Spötter, denn Polemiker – so treuherzig sie ihre Worte auch in Ironie kleiden – nehmen es mit der Wahrheit nicht ganz so genau. Dafür verfügen sie über die Gnade, ihr Publikum zu unterhalten.

Und außerdem, wer ist es denn, der da über Hunde schreibt? Es ist ja nicht Tucholsky selbst, wie es etwa bei *Rheinsberg*, dem *Bilderbuch für Verliebte*, nahe liegt, dessen weibliche Hauptfigur Claire Pimbusch – bis hin zur frechen, für die Zeit durchaus typischen, aber für Literatur nicht üblichen Sprache – nach dem Vorbild von Tucholskys späterer erster Ehefrau Else Weil gestaltet ist. Die Schriftstellerin Gabriele Tergit jedenfalls erinnert sich in ihren Memoiren: »Seine bezaubernde erste Frau, eine Ärztin, hat Tucholskys Sprache in *Rheinsberg* erfunden. Diese sehr junge Ärztin verreiste mit einem Gleichaltrigen. Das war eine neue Welt. Da wurde eine Tür geöffnet.« Ein unverheiratetes Paar ist es wohlgemerkt, das in *Rheinsberg* ein paar schöne Tage miteinander verbringt. Ein Tabubruch, nicht nur für die Literatur!

Aber mit Tabubrüchen kennt sich Tucholsky ja bestens aus. Er weiß, was seine Leser von ihm erwarten, oder besser: womit er seine Leser schockieren und gleichzeitig unterhalten kann. Oder in seinen Worten, wenn man an seinen Grabspruch, den er für sich vorgesehen hat, denkt: »Hier ruht ein goldenes Herz und eine eiserne Schnauze. Gute Nacht –!«

Fast noch schöner ist Tucholskys letzter Eintrag in sein *Sudelbuch*: eine kleine Zeichnung, die quasi den Werdegang jedes Intellektuellen charakterisiert. Auf einer Treppe stehen aufsteigend die Wörter *Sprechen – Schreiben – Schweigen*.

Das ist auch sehr traurig, ohne Frage, bedenkt man vor allem Tucholskys Ende. Im Alter von nur fünfundvierzig Jahren begeht der Schriftsteller, mittlerweile im Exil in Schweden, desillusioniert von den politischen Entwicklungen in Deutschland – und Hitlers Machtübernahme – am 21. Dezember 1935 in seinem Haus in Hindås Suizid. Oder doch nicht? Wegen chronischer Magenbeschwerden ist der Autor es gewohnt, regelmäßig Barbiturate zu nehmen. Es kann also auch sein, dass eine versehentliche Überdosis zu seinem Tod führt. Nichts Genaues weiß man nicht, der Rest ist Spekulation. Sein Tod jedenfalls hat nicht wenig zu seinem Ruhm beigetragen, denn Tucholsky wird so – vor allem für seine Zeitgenossen – zu einem der ersten Opfer des nationalsozialistischen Regimes, das er zeitlebens mit spitzer Feder zu bekämpfen sucht. Einen »kleinen, dicken Berliner« nennt Erich Kästner Tucholsky 1946, der »mit der Schreibmaschine eine Katastrophe aufhalten« wollte …

*

Aber die Hunde! Bei Tucholsky geht es ja nicht vordergründig um den treuen Begleiter des Menschen, der wie kein anderes Tier den Untertanencharakter der Deutschen verkörpert, so der Autor; man denke nur an Heinrich Mann und seinen berühmten Roman. Bei Tucholsky geht es um Politik, um die Menschen, aber auch um die Auswirkungen, die Hundehaltung in Großstädten nach sich zieht, denn Tiere machen Dreck, kosten Geld und produzieren Lärm. Das vor allem, Lärm und Gestank! Aber Moment, spricht da nicht einer, der in den bewegten Zwanzigerjahren des zwanzigsten Jahrhunderts in der brodelndsten Metropole des ganzen Kontinents wohnt, in Berlin? Längst ist das Paris des Fin de Siècle abgelöst vom rumorenden Vorwärtsflimmern von Deutschlands Hauptstadt, hier ist alles in Bewegung, hier lebt man am Puls der Zeit. Keine Nacht kann zu lang sein in den Cafés, Bars und Cabarets, denn hier, im Berlin jener Jahre, enden die Nächste immer erst am nächsten Morgen oder gar nicht. Das Leben als einzige Party und als endloser Rausch.

»Der Städter ist ein armes Luder«, schreibt Tucholsky, der von allerlei bedrängt wird. »Belästigungen durch Rauch, durch Geschosse, durch Rohr- und Drahtleitungen, ja durch Aufstellung von Reklametafeln sind Gegenstand braver bürgerlicher Prozesse. Lärm aber darf gemacht werden.« *Lerm und Geräusch*, das ist von Schopenhauer entlehnt, einer ähnlich empfindlichen Seele wie Tucholsky. Selbst Goethe wird in dieser Frage zitiert: »Wundern kann es mich nicht, dass Menschen Hunde so lieben, denn ein erbärmlicher Schuft ist wie der Mensch so der Hund.« Schließlich könne man alle Kollektivgeräusche ertragen, den einzelnen Lärm aber nicht. »Aber wenn der angebundene, eingesperrte, unzufriedene Hund stunden- und stundenlang bellt …«

Fast ebenso enervierend wie das Hundegebell findet Tucholsky das ewige Klavierspiel junger Damen. »Auf jedem Quadratmeter menschlicher Niederlassung schlägt ein Achtel menschliches Wesen auf ein Klavier ein, macht: ein Stück auf acht Quadratmeter.«

Da ist er wieder, der ironische Blick auf die Welt. Wenn Tucholsky das Klavierspiel junger Fräuleins aus bürgerlichem Hause, deren Eltern an einer entsprechenden Ausbildung gelegen ist, mit dem gemeinen Hundegebell gleichsetzt, hat er für diese lächerlichen Übungen nur Spott übrig; dienen sie doch meist nur dazu, für die jungen Damen einen geeigneten Ehemann zu finden. Eine Spitze gegen das deutsche Spießertum, das Tucholsky zeitlebens verachtet, während – und weil! – er sich doch nur nach Ruhe, nach Stille sehnt, denn gerade das Hundebellen, so scheint dem Autor, ist vor allem eines: das völlig Sinnlose. Auch wenn er den *armen Ludern* menschenfreundlich zugesteht, dass sie zu

Unrecht angebunden werden und deshalb bellen, was Tucholsky durchaus als »Hilferuf und Aufschreie eines gequälten Tiers« sieht, bleibt er bei seiner Meinung. »Es gibt vielerlei Lärme. Aber es gibt nur eine Stille. Wo es kein Hundegebell und kein Klavierspiel gibt – da möchte ich leben.«

*

»Der Hund ist ein von Flöhen bewohnter Organismus, der bellt (Leibniz). Dieser Definition wäre einiges hinzuzufügen«, schreibt Tucholsky und geht in seiner Beschreibung des Hundes direkt zu einer Kritik an den Hundehaltern über. »Im Hund hat sich der bäuerische Eigentumstrieb des Menschen selbständig gemacht; der Hund ist ein monomaner Kapitalist. Er bewacht das Eigentum, das er nicht verwerten kann, um des Eigentums willen und behandelt das seines Herrn, als gebe es daneben nichts auf der Welt.« Zudem ist der Hund »treu um der Treue willen, ohne viel zu fragen, wem er eigentlich die Treue hält«. Hier ist Tucholsky bei seinem eigentlichen Thema.

Wie er in seinen Glossen *Der Hund als Untergebener* und *Der Hund und der Blinde* ausführt, geht es Tucholsky darum, zu dechiffrieren, warum gerade der Hund das Lieblingstier der Deutschen ist, die – nach der »Schmach von Versailles« und dem »Schanddiktat«, empört über die von deutschnationalen, völkischen, rechten Kreisen fleißig propagierte Dolchstoßlegende – nach dem Ersten Weltkrieg in der auf wackligen Füßen stehenden Weimarer Republik in eine Identitätskrise stolpern, die schließlich zum Erstarken des Nationalsozialismus führt – und Deutschland in die Katastrophe. Tucholsky, hellsichtig wie kein zweiter Schriftsteller jener Jahre – den genialen Joseph Roth oder den polyglotten Stefan Zweig einmal ausgenommen –, sieht diese Entwicklungen sehr früh kommen. Daher sind seine Glossen über Hunde auch keine bloße Unterhaltung, sondern politische Satire auf Basis der Umwälzungen der Zeit. Die Sehnsucht nach dem starken Führer, der Adolf Hitler den Deutschen werden soll, ist in dieser Kritik schon angelegt, die Lust der Deutschen am Dienen, die sich im Umgang mit ihren Hunden zeigt und davon gespiegelt wird.

»Es scheint wirklich so, als ob die meisten Menschen hierzulande einen Hund nur deshalb besäßen, um noch einen ›unter sich zu haben‹. Bedrückt von Wohnungsamt, Polizeirevier,

Hauswirt, Kolonialwarenhändler, Außenhandelsnebenstelle, Finanzamt und ähnlichen Versorgungsanstalten benötigt die mannhafte deutsche Seele einen Sklaven, um die Superiorität ihrer Herrenrasse darzutun.«

Vollends politisch wird Tucholsky, wenn er das Monatseinkommen eines Arbeiters, eines Angestellten mit der »Monatsabfindung des Deserteurs in Doorn*« vergleicht. Denn während Deutschland in der Krise ist, Millionen hungern und die Masse der Arbeitslosen immer größer wird, fordern in den konservativen Zeitungen die Kriegshetzer und -profiteure, besonders die Vertreter des Adels, weiterhin Nutznießer ihrer ererbten Vermögen und Güter zu bleiben. Für Tucholsky ist das leicht durchschaubar: »Man spricht immer von ›Enteignung der Fürsten‹. Aber die wollen das Volk enteignen, denn ihre Güter gehören ihnen nicht und haben ihnen nie gehört. Sie sind niemals Privatleute gewesen, als sie ihre Rechte wahrten – sie können es heute nicht sein, da man sie ihnen streitig macht. Sie wollen haben – nicht wir.«

---

* Gemeint ist Kaiser Wilhelm II., der nach dem verlorenen Weltkrieg und der Ausrufung der Republik am 9. November 1918 ins niederländische Exil ging, wo er bis zu seinem Tod 1941 auf dem Schlösschen Haus Doorn lebte.

Es sind die vielen hündischen Naturen unter den Deutschen, die Tucholsky Sorgen bereiten, nicht die Hunde selbst. »Auch heute noch: wieviel Untertanen, wieviel brave treue Blicke nach oben, wieviel Knechte!«

*

Nein, Kurt Tucholsky verabscheut nicht die Hunde, auch wenn die in diesem Band versammelten Glossen auf den ersten Blick diesen Eindruck vermitteln. Es ist die Dummheit der Menschen, die er verachtet und zeitlebens zu bekämpfen sucht, bis zu seinem allzu frühen Tod. »Nein, ich hasse den Hund gar nicht. Wohl aber eine bestimmte Gattung Mensch, die ihn behandelt wie ein Brigadekommandeur die unterstellte Formation, und die mit ihm herumwirtschaftet, weil auch er aus Deutschland ist. Und so ist die Reihenfolge: Der Verflossene in Doorn hatte die Schranzen, die hatten die Militärs, die hatten die Ämter, und die hatten den Untertan. Und er hat den Hund. Und weil der zum Glück seinen Floh hat und der Floh wiederum den Verflossenen pieken durfte, so ist der Zirkel der göttlichen Gerechtigkeit auf das Herrlichste geschlossen, und es ist immer noch besser, dass der Deutsche seinem Hund pfeift als der Kaiser seinem Deutschen.«

Tucholsky kennt Deutschland und die Deutschen; er weiß nur zu genau, worüber er spricht. Und so sind seine Glossen, Polemiken, Rezensionen, seine Romane und Erzählungen ein ewig währendes Kläffen wider die zeitpolitischen Zustände in der Weimarer Republik, von dem er vielleicht weiß, es wird letzten Endes vergeblich sein. Aber Engagement, immerhin.

»Der Hund bellt immer.« So auch Tucholsky.

Bernd Schuchter

Zeittafel

1890
Kurt Tucholsky wird als ältestes Kind des jüdischen Bankkaufmanns Alex Tucholsky und dessen Cousine Doris Tucholski im elterlichen Haus in Berlin-Moabit, Lübecker Straße 13, geboren.

1905
Tod des geliebten Vaters in Berlin, wo die Familie nach ein paar Jahren in Stettin seit 1899 wieder lebt.

1909
Jurastudium in Berlin, anschließend für ein Jahr in Genf, doch Tucholskys hauptsächliches Interesse gilt der Literatur.

1911
Reise nach Prag gemeinsam mit seinem Freund, dem Zeichner Kurt Szafranski, um Max Brod und den von beiden verehrten Franz Kafka zu treffen, der diese Begegnung auch in seinem Ta-

gebuch erwähnt: »Vom gemäßigten und starken Schwingen des Spazierstocks, das die Schulter jugendlich hebt, angefangen bis zum überlegten Vergnügen und Missachten seiner eigenen schriftstellerischen Arbeiten.«

1912
Nach ersten journalistischen Arbeiten – vor allem für das sozialdemokratische Parteiorgan *Vorwärts* – veröffentlicht Tucholsky die vielbeachtete und für die Zeit ungewöhnliche Erzählung *Rheinsberg. Ein Bilderbuch für Verliebte.* Das von seinem Freund Kurt Szafranski illustrierte Buch beschreibt ein gemeinsames Liebeswochenende mit seiner späteren Ehefrau, der Ärztin Else Weil, und überrascht durch seinen jovialen, offen erotischen Tonfall ebenso wie durch einen Tabubruch: Die Verliebten in Rheinsberg sind nicht verheiratet. Detail am Rande: Um den Absatz des Buches anzukurbeln, gründen Tucholsky und Szafranski am Kurfürstendamm eine Bücherbar, in der jeder Kunde für ein gekauftes Buch einen Schnaps ausgeschenkt bekommt. Diese mehr ironisch gemeinte Aktion wird nach einigen Wochen wieder eingestellt, erregt aber Aufsehen.

1913
Bekanntschaft mit dem Publizisten Siegfried Jacobsohn, der Tucholsky bis zu seinem Tod 1926 ein wichtiger Mäzen und Förderer bleibt. Tucholskys erster Text in der später in *Die Weltbühne* umbenannten Theaterzeitschrift *Die Schaubühne* erscheint am 9. Januar 1913. Jahrelang werden in diesem für die Weimarer Republik so wichtigen Medium in jeder Ausgabe mehrere Artikel Tucholskys erscheinen, es ist sein wichtigstes Publikationsorgan. Von Anfang an veröffentlicht er seine zahlreichen Texte unter mehreren Pseudonymen, auch um das Blatt nicht zu tucholskylastig erscheinen zu lassen. Die drei wichtigsten sind *Ignaz Wrobel*, *Theobald Tiger* und *Peter Panter*, ab 1918 erscheinen Gedichte unter dem Namen *Kasper Hauser*. Tucholsky werden aber noch eine Reihe weiterer Pseudonyme zugeschrieben.

1919
Beginn einer Artikelserie mit dem Titel *Militaria*, in der Tucholsky insbesondere den noch vorherrschenden wilhelminischen Geist unter den deutschen Offizieren in der jungen Weimarer Republik kritisiert.

1922
Tucholsky ist Prozessbeobachter im Verfahren gegen rechtsradikale Fememörder, worüber er in seinem Artikel *Prozeß Harden* auch schreibt. »Das ist keine schlechte Justiz. Das ist keine mangelhafte Justiz. Das ist überhaupt keine Justiz.« Tucholsky prangert die politischen Morde in diesen Jahren, u. a. an Rosa Luxemburg und Walther Rathenau, in seinen Beiträgen immer wieder an. Seinem Urteil zufolge sympathisieren die Richter meist mit den monarchistischen und nationalistischen Ansichten der Angeklagten.

1924
Tucholsky geht als Korrespondent der *Vossischen Zeitung* und der *Weltbühne* nach Paris. Im Februar lässt er sich von seiner ersten Frau Else Weil scheiden – die das folgendermaßen begründet: »Als ich über die Damen wegsteigen musste, um in mein Bett zu kommen, ließ ich mich scheiden« – und heiratet im August Mary Gerold.

1926
Als sein Mentor Siegfried Jacobsohn stirbt, zögert Tucholsky nicht, die Leitung der *Weltbühne* zu übernehmen. Da er aber nicht dauerhaft nach Berlin zurückkehren will, übergibt er die

Herausgeberschaft bald an Carl von Ossietzky, der das Blatt jahrelang leiten wird.

1927
Mit der essayistischen Reisebeschreibung *Ein Pyrenäenbuch* veröffentlicht Tucholsky erstmals wieder in Buchform. Es folgen in den Jahren darauf unter anderem mit *Deutschland, Deutschland über alles*, *Mit 5 PS* und *Das Lächeln der Mona Lisa* weitere Bücher. Tucholsky trennt sich von Mary Gerold und lebt in den folgenden Jahren mit Lisa Matthias zusammen, die Vorbild für die Lydia in Tucholskys Roman *Schloß Gripsholm* wird.

1928
Gegen Tucholsky werden über die Jahre wegen seiner journalistischen Arbeit mehrmals Prozesse angestrengt, so etwa wegen Gotteslästerung: Seine Gegner stören sich am Inhalt des Gedichts *Gesang der englischen Chorknaben* und verklagen den Autor.

1929
Tucholsky verlegt wegen der andauernden Verfolgung in Deutschland seinen Wohnsitz nach Schweden. Er mietet die Villa *Nedsjölund* in Hindås, wo er bis zu seinem Tod lebt. Zeitweise

strebt er in den Folgejahren gar die schwedische Staatsbürgerschaft an.

1931
Im Zuge des *Weltbühne*-Prozesses wird Carl von Ossietzky zu achtzehn Monaten Haft verurteilt. Angeklagt ist Ossietzky auch wegen des Tucholsky-Ausspruchs »Soldaten sind Mörder«. Im gleichen Jahr erscheint Tucholskys Roman *Schloß Gripsholm*, der in seiner Leichtigkeit an *Rheinsberg* erinnert. Die Beziehung zu Lisa Matthias scheitert, gesundheitliche Gebrechen machen mehrere Operationen notwendig.

1932
Tucholskys letzter Artikel in der *Weltbühne* erscheint am 8. November. Dann zieht sich der von zunehmender Resignation und Depression gezeichnete Tucholsky in ein bis zu seinem Tod andauerndes publizistisches Schweigen zurück.

1935
Tucholsky stirbt am 21. Dezember an einer Überdosis an Barbituraten, die er wegen chronischer Magenbeschwerden als Einschlafhilfe nutzte.

Quellennachweise

Die für diese Ausgabe verwendeten Texte wurden folgender Quelle entnommen: *Traktat über den Hund, sowie über Lerm und Geräusch*, in: *Das Lächeln der Mona Lisa*, S. Rowohlt Verlag, Berlin 1929, S. 137–153.

Erstveröffentlichungen
Traktat über den Hund: *Die Weltbühne* am 2. August 1927, 23. Jahrgang Nr. 31, unter dem Pseudonym Peter Panter.
Traktat über Lerm und Geräusch: *Die Weltbühne* am 4. Oktober 1927, 23. Jahrgang Nr. 40, unter dem Pseudonym Peter Panter.
Traktat über Lerm und Geräusch, 3. Teil – Ironie und tiefere Bedeutung: *Das Lächeln der Mona Lisa*, S. Rowohlt Verlag, Berlin 1929.
Der Hund als Untergebener: *Die Weltbühne* am 1. Juni 1922, 18. Jahrgang Nr. 1, unter dem Pseudonym Ignaz Wrobel.
Der Hund und der Blinde: *Die Weltbühne* am 1. Juni 1926, 22. Jahrgang Nr. 22, unter dem Pseudonym Ignaz Wrobel.
Zwei Lärme: *Die Weltbühne* am 28. Juli 1925, 21. Jahrgang Nr. 30, unter dem Pseudonym Peter Panter.